Сверх

Путешестве

нник

Аллан Бэнфорд

ПОСВЯЩАЕТСЯ

Мэтью,
Смило и Шлепо.

СОДЕРЖАНИЕ

БЛАГОДАРНОСТИ

Я прожил невероятный опыт при написании данного рассказа, и я бесконечно благодарен за возможность воплотить в жизнь мир Камо. Мои личные истории вдохновили меня исследовать глубины своего воображения для создания мотивирующей истории.

Я благодарен за возможность поделиться этим рассказом с читателями и надеюсь, что она принесет радость, волнение и вдохновение тем, кто ее прочтет. И, наконец, я хочу выразить свою признательность самому писательскому ремеслу. Сама способность рассказывать истории и общаться с читателями — это дар, который я никогда не приму как должное. Благодарим вас за то, что нашли время прочитать эту короткую историю и за то, что вы стали частью основания вашего удивительного будущего.

Глава 1

ПОДАРОК

Солнце только начало подниматься из-за горизонта, заливая маленький городок теплым светом. Воздух был тихим и безмолвным, не считая отдаленного кукареканья петуха и случайного шелеста листьев на легком ветру. Это было обычное, мирное утро.

Но никто даже не подозревал, что этот день ознаменует начало истории, которая вдохновит будущие поколения. История любви и потерь, триумфа и поражения, радости и печали.

История, которую рассказывали годами, передавалась из поколения в поколение и, в итоге, ставшая легендой.

Камо был мальчиком из маленького городка, который всегда мечтал исследовать мир за его пределами, и который никогда бы не осмелился на это.
Но в то утро что-то в сердце Камо шевельнулось.

Он почувствовал необъяснимое желание покинуть свой маленький город и отправиться в приключение. Собрав небольшую сумку с вещами, он отправился пешим ходом, туда, куда глядят глаза и велит сердце. По дороге Камо ощущал чувство свободы и волнения, которого он никогда раньше не испытывал.

Мир вокруг него, казалось, открылся, раскрывая бесконечные возможности и приключения. Он шел несколько часов, пока не наткнулся на небольшую деревню, расположенную в горах. В деревне Камо встретил старого плюшевого мишку по имени Мэтью.

Мэтью был сверх-путешественником, свободный духом, который познал вселенную и жил для того, чтобы рассказывать истории. Он олицетворял все то, о чем Камо когда-либо мечтал.

Они проводили время, исследуя деревню и ее окрестности, и при этом часами говорили о том, как максимально эффективно использовать каждую секунду, о местах, где бывал Мэтью, и о местах, куда Камо мечтал бы отправиться.

Камо не сумел бы утолить свой неотъемлемый дух и жажду приключений, поселись он в одном месте. Итак, проведя всего один день в деревне, он снова решил отправиться в сольный путь, но перед отъездом Мэтью подарил ему волшебную карточку, способную профинансировать все его приключения.

Камо потерял дар речи от такого щедрого подарка. Ведь он никогда не ждал от старого плюшевого мишки ничего, кроме его советов, но теперь он был настроен на всю жизнь продолжить поиски своей цели. Он путешествовал месяцами, скитаясь и исследуя все новые и новые места, никогда не задерживаясь на долгое время.

Так началось путешествие Камо, путешествие, которое привело его в самые дальние уголки мира и даже за его пределы. Путешествие, которое будет наполнено любовью и потерями, триумфом и поражением, радостью и печалью.

Глава 2

СТРАХ

После месяцев странствования, Камо оказался в суматошном городе, окруженном толпой и шумом. Он никогда раньше не видел такого количества людей в одном месте, и шум казался ему невыносимым. Но он был полон решимости исследовать город и познать его.

Первые несколько дней он провел бродя по улицам, наслаждаясь видами и звуками. Он пробовал новую еду, посещал музеи, художественные галереи и даже сходил на концерт.

Однажды, идя по людной улице, он почувствовал, как кто-то дернул его рюкзак. Он резко обернулся и увидел мальчика, убегающего с его сумкой.

Недолго думая, Камо погнался за ним, бегая по улицам и уворачиваясь от людей направо и налево.

Наконец, спустя, казалось, целую вечность, Камо догнал мальчика. Он спрятался в переулке и рылся в его сумке.

Глаза мальчика были залиты как страхом, так и непокорностью. Но Камо не был зол и не чувствовал страха. Вместо этого он почувствовал сострадание к мальчику.

Он знал, что значит чувствовать себя потерянным и одиноким в этом мире. Не говоря ни слова, Камо протянул руку, предлагая мальчику свою сумку. Мальчик какое-то время смотрел на него, а затем медленно передал ее ему обратно.

— «Спасибо», — сказал Камо.

— «Я могу чем-нибудь тебе помочь?» Мальчик на мгновение поколебался, затем кивнул. — Моя сестра, — сказал он, его голос был едва громче шепота.

- «Она болеет. У нас нет денег на лекарства».

Камо знал, что ему нужно делать. Он полез в карман, достал пачку купюр и протянул их мальчику.

— «Возьми это», — сказал он.

— «Это немного, но должно помочь.

— И скажи своей сестре, что я надеюсь, что она скоро поправится».

Глаза мальчика расширились от шока и благодарности.

— «Спасибо», — сказал он дрожащим голосом.

Уходя, Камо почувствовал явное чувство цели. Он понял, что то, что произошло является его предназначением – способность помогать другим и менять мир к лучшему. С этого дня Камо посвятил себя помощи нуждающимся.

Он работал волонтером в приютах для бездомных, больницах, благотворительных организациях. Путешествуя по миру, Камо понял, что цель его жизни — сделать мир лучше, помогая, как минимум, по одному человеку в каждом новом направлении.

Глава 3

ХРАБРЫЙ СЕРДЦЕМ

Ш ли года, а Камо продолжал путешествовать по миру, помогая нуждающимся и пребывая в поисках новых приключений. Он видел то, о чем большинство людей могли только мечтать, но его жажда знаний и исследований никогда не угасала. Однажды, блуждая по глухим джунглям, Камо наткнулся на небольшую деревню.

Люди там были непохожими на всех тех, кого он когда-либо встречал: они говорили на языке, которого он не понимал, а их обычаи сильно отличались от всего, что он видел раньше.

Даже несмотря на языковой барьер, Камо восхищался жителями этой деревни. Он проводил с ними дни, узнавая об их образе жизни и помогая с повседневными делами. Но однажды ночью, укладываясь спать в маленькой хижине, он услышал шум снаружи, а выйдя наружу, увидел, что село подверглось нападению группы вооруженных людей.

Камо, без никаких колебаний, немедленно отправился на подмогу. Он схватил палку и присоединился к жителям деревни в их борьбе с захватчиками. Это была жестокая битва, но с помощью Камо жители деревни смогли отбросить нападавших. Когда пыль улеглась, Камо осмотрел повреждения. Деревня была в руинах, многие жители получили ранения. Камо знал, что ему нужно делать. Он приступил к работе, используя свои познания в медицине и опыт работы волонтером в больницах, оказывая помощь раненым. Он работал не покладая рук целыми днями, отказываясь отдыхать, пока все не будут здоровы и в безопасности. Сделав для деревни все, что мог, Камо попрощался и продолжил свой путь. Но он знал, что никогда не забудет людей, которых встретил в этой маленькой деревне в джунглях.

Они показали ему, что на самом деле значит быть храбрым и самоотверженным, и он знал, что они всегда будут занимать особое место в его сердце. Путешествуя дальше, Камо обнаружил, что опыт, полученный в джунглях, навсегда изменил его.

Им всегда двигало желание помогать другим, но теперь он почувствовал еще более глубокую цель. Он осознал, что мир — это огромное и сложное место, полное людей и культур, которые ему еще предстоит открыть. Без раздумий, он снова отправился в путь, в поисках новых приключений и жизненных уроков.

Глава 4

ИЗУЧАТЬ

Путешествие Камо в конечном итоге привело его на отдаленный остров посреди океана. Остров не был похож ни на один из тех, которые он когда-либо видел: остров был напитанным и тропическим, с кристально чистой водой и пляжами с белым песком. Но по мере исследования острова, Камо начал замечать что-то странное.

Местные жители словно чего-то боялись и шептались о «проклятии», постигшем их деревню.

Любопытство охватило его; Камо намеревался обнаружить источник проклятия. Вскоре он узнал, что много лет назад произошло извержение близлежащего вулкана, разрушившее большую часть острова и сделав его непригодным для жизни. Местные жители пытались восстановить его, но каждый раз их дома разрушались таинственными мощными волнами, накатывающими на остров.

Решив помочь, Камо приступил к изучению географии острова и погодных условий. Он обнаружил, что волны были вызваны явлением, известным как «цунами», массивной океанской волной, созданной сейсмической активностью глубоко под поверхностью земли. Овладев этими знаниями, Камо решил найти решение.

Он работал с местными жителями над

созданием системы предупреждающих сирен и маршрутов эвакуации, и научил их распознавать признаки надвигающегося цунами. И, в следующий раз, когда обрушилось следующее цунами, Камо был готов к нему.

Зазвучали сирены, и жители деревни побежали на возвышенность, спасаясь от разрушительной волны. Благодаря усилиям Камо деревня смогла восстановиться и начать процветать, освободившись от угрозы проклятия, которое некогда преследовало их. Камо знал, что его путешествие еще далеко не окончено.

Он повидал так много разного, но оставалось еще так много мест, которые нужно было исследовать, и так много людей, которым нужно помочь. Итак, он снова отправился в путь, жаждущий познать новые приключения.

Глава 5

РАВНОПРАВИЕ

Продолжая странствовать, Камо оказался в шумном городе, окруженном высокими небоскребами и бесконечными толпами людей. Это было далеко от отдаленных деревень и тропических островов, к которым он привык, но Камо был счастлив исследовать этот новый мир.

Прогуливаясь по улицам города, Камо был поражен резким контрастом между богатыми и бедными.

В некоторых частях города было множество роскошных автомобилей и дизайнерских магазинов, а в других - бездомные выпрашивали мелочь и спали на улицах. Камо не мог не проигнорировать страдания, которые он видел вокруг себя, и решил помочь всем, чем мог.

Он работал волонтером в бесплатных столовых и приютах для бездомных, а также проводил время, разговаривая с людьми на улицах, слушая их истории и утешая их. Но Камо знал, что это лишь временное решение. Он хотел помочь этим людям более значимо, дать им инструменты, необходимые для того, чтобы выбраться из бедности. И поэтому он начал исследовать экономическую и социальную политику, которая могла бы помочь устранить коренные причины бедности.

Он работал не покладая рук, писал статьи

и выступал с презентациями перед политиками и общественными лидерами, призывая их принять меры. Прогресс, по началу, казался незначительным. Но Камо отказывался сдаваться. Он заручился поддержкой единомышленников, и в конце концов его усилия окупились. Город начал проводить политику, направленную на решение проблемы бедности и неравенства, и жизнь людей вокруг Камо начала улучшаться.

Глядя на город, Камо почувствовал гордость и удовлетворение. Он изменил жизнь многих людей и помог создать более справедливое и равноправное общество. Но даже празднуя эту победу, Камо знал, что предстоит еще много работы. Мир был огромен и сложен, и всегда возникали новые проблемы и новые люди, которым можно было помочь.

Глава 6

ИННОВАЦИИ

Путешествия Камо в конечном итоге привели его в небольшую сельскую деревню, расположенную в горах. В деревне проживало сплоченное сообщество фермеров, которые усердно работали, чтобы зарабатывать себе на жизнь за счет земледелия.

Исследуя деревню, Камо заметил, что люди испытывают трудности. Урожай падал, и жители деревни впадали в отчаяние.

Преисполненный решимостью помочь, Камо начал исследования о методах ведения сельского хозяйства в деревне.

Он поговорил с фермерами и узнал, что они все еще используют традиционные методы, передаваемые из поколения в поколение. Но изучая землю и посевы, Камо понял, что эти методы больше не являются устойчивыми.

Почва была истощена, а посевы были уязвимы для вредителей и болезней. Камо знал, что ему нужно найти решение, поэтому он начал исследовать новые методы ведения сельского хозяйства.

Он узнал об устойчивом сельском хозяйстве и экспериментировал с новыми методами, такими как севооборот и сопутствующие посадки. Поначалу жители деревни отнеслись к этому скептически. Они привыкли к своим традиционным образам жизни и не решались пробовать что-то новое. Но Камо упорствовал, и медленно, но верно жители деревни начали видеть преимущества его методов. Урожай начал процветать, и сельским жителям больше не приходилось беспокоиться о том, что они останутся голодными.

У них даже оставалось достаточно остатков для продажи на рынке, что приносило деревне дополнительный доход. Глядя на пышные поля и улыбающиеся лица жителей деревни, Камо почувствовал чувство глубокого удовлетворения.

Он помог улучшить жизнь этих людей и нашел способ создать для них устойчивое будущее. Но Камо знал, что в мире еще так много людей, которые борются с трудностями, и так много проблем, которые необходимо решить.

Глава 7

УСТОЙЧИВОЕ РАЗВИТИЕ

Продолжая свое путешествие, Камо оказался в шумном мегаполисе, не похожем ни на один из тех, что он когда-либо видел. Город был центром торговли и промышленности с высокими небоскребами и бесконечным производственным шумом.

Но, исследуя город, Камо не мог не заметить, какой ущерб это производство наносит окружающей среде. Воздух был крайне загрязнен, а улицы были забиты машинами.

Полон решимости изменить ситуацию к лучшему, Камо начал искать способ повысить устойчивое развитие города. Он исследовал новые технологии и стратегии по сокращению выбросов и отходов и неустанно работал над повышением осведомленности о важности защиты окружающей среды.

Прогресс, по-началу, был медленным. Многие из городских лидеров были больше озабочены прибылью, чем устойчивым развитием, и сопротивлялись переменам. Но Камо отказывался сдаваться.

Он заручился поддержкой активистов-экологов, лидеров бизнеса и неравнодушных граждан, и в конечном итоге его усилия окупились. Город начал внедрять новую политику по обеспечению устойчивого развития: от стимулирования экологически чистого бизнеса до инвестиций в общественный транспорт. Наблюдая за преображением города, Камо почувствовал чувство глубокого удовлетворения. Он помог создать более устойчивое будущее для людей, которые там жили, и показал, что можно сбалансировать экономический рост с защитой окружающей среды.

Но Камо знал, что впереди еще много испытаний. В быстроизменяющемся темпе мира всегда возникали новые проблемы, требующие решения.

Глава 8

ОТКРЫТИЕ

Камо оказался в маленькой, отдаленной деревне посреди бескрайней пустыни. Пейзаж был бесплодным и неумолимым, с палящими температурами и дюнами, простиравшимися далеко-далеко. Жители деревни были кочевниками, путешествующими с места на место в поисках воды и пропитания.

Камо был очарован их образом жизни и провел несколько недель, изучая их культуру и обычаи.

Но, проведя больше времени с жителями деревни, Камо начал замечать, что они столкнулись с серьезной угрозой. Пустыня с каждым годом становилась все жарче и негостеприимнее, а воды становилось все меньше.

Восполненный решимостью помочь, Камо начал искать способ обеспечить устойчивое сельское хозяйство в пустыне. Он исследовал новые методы сохранения воды и почвы и экспериментировал с различными культурами, способными выжить в суровых условиях. Поначалу жители деревни отнеслись к этому скептически.

Они прожили всю свою жизнь в пустыне и привыкли к связанным с ней невзгодам. Но Камо упорствовал, и медленно, но верно жители деревни начали замечать преимущества его методов.

Когда деревня начала процветать, Камо почувствовал чувство глубокого удовлетворения. Он помог улучшить жизнь этих людей и нашел способ создать для них устойчивое будущее в суровых условиях пустыни. Время шло, а Камо продолжал свою работу в деревне.

Он стал любимым членом общины, и ему даже предложили жить среди них. Но однажды, исследуя пустыню, Камо наткнулся на нечто неожиданное. Под песком был похоронен древний артефакт, непохожий ни на что, что он когда-либо видел раньше.

Артефакт представлял собой небольшой камень с замысловатой резьбой, с отметинами, которые Камо не мог определить, но видел раньше на свитере Мэтью. Но когда он держал его в руке, он почувствовал странную энергию, пробежавшую по его телу. Камо знал, что наткнулся на что-то необыкновенное, что может изменить ход человеческой истории.

Он поклялся разгадать тайну артефакта и отправился в новый поиск, чтобы раскрыть его тайны. Путешествуя из деревни в деревню, Камо встречал других искателей приключений и учёных, которых тоже заинтриговал данный артефакт. Они собрали воедино улики и расшифровали надписи на камне. То, что они обнаружили, было просто поразительным.

Артефакт был ключом, который мог открыть секреты затерянной цивилизации, процветавшей в пустыне тысячи лет назад. С помощью своих новых союзников Камо отправился в самое сердце пустыни, в скрытый город, давно забытый остальным миром. Там он обнаружил процветающий мегаполис, наполненный передовыми технологиями и знаниями, которые были потеряны для человечества на протяжении веков. Город был заброшен, люди, которые когда-то там жили, давно ушли, но их наследие продолжало жить.

Камо понял, что все это время его путешествие вело его сюда. Он был выбран, чтобы раскрыть тайны этой затерянной цивилизации, вернуть свои знания миру и помочь человечеству сделать гигантский скачок вперед. Итак, Камо приступил к работе. Он потратил годы на изучение технологий и знаний исчезнувшей цивилизации и разработал инновации, которые произвели революцию в мире. Его работа принесла ему славу и богатство, но Камо никогда не забывал жителей пустынной деревни, которые приняли его с распростертыми объятиями. Он использовал вновь обретенную силу и влияние, чтобы еще больше улучшить их жизнь и распространить знания и технологии потерянной цивилизации среди тех, кто в них больше всего нуждался.

В конце концов Камо понял, что его путешествие было не просто серией приключений. Это была его цель и его истинное призвание. И, оглядываясь назад, он был уверен, что сыграл в этой жизни небольшую, но важную роль.

Глава 9

НЕПРЕДВИДЕННОЕ

Камо потратил годы на изучение технологий и знаний исчезнувшей цивилизации и добился невероятных достижений, которые произвели революцию в мире. Он стал известным ученым и изобретателем, и люди со всего мира искали его опыта и рекомендаций. Но однажды Камо получил загадочное сообщение от неизвестного отправителя.

В сообщении содержалось загадочное приглашение на секретную встречу, которая обещала раскрыть революционное открытие.

Любопытный и заинтригованный, Камо последовал инструкциям в сообщении и прибыл в скрытое место, в глубине густого леса. Там он встретил двух сверх-путешественников, Смило и Шлипо, их вела загадочная фигура, личность которой была скрыта за плащом с капюшоном.

Фигура показала себя, и это был старый плюшевый мишка Мэтью, он был ведущим членом общества-основателя, существовавшего на протяжении веков и посвященного раскрытию тайн об утраченных цивилизациях во всех вселенных, включая ту, в которой Камо провел свою жизнь, изучая все вокруг себя. Недавно общество сделало открытие, которое могло изменить все. Они нашли способ путешествовать во времени, в тот самый момент, когда затерянная цивилизация процветала. Камо поначалу отнесся к этому скептически, но Мэтью представил ему такие доказательства, которые невозможно было отрицать.

Общество построило машину времени, которая могла перенести человека назад во времени на ограниченный промежуток времени, и Камо было предложено первым испытать ее.

Несмотря на риски и опасности, Камо не смог устоять перед возможностью воочию увидеть исчезнувшую цивилизацию. Он согласился отправиться в прошлое в надежде раскрыть еще больше тайн этой древней цивилизации. Войдя в машину времени, Камо почувствовал прилив адреналина и волнения. Машина ожила, и он перенесся назад во времени, в шумный город, полный людей и активности. Камо едва мог поверить своим глазам. Он стоял среди затерянной цивилизации, окруженный теми самыми людьми, которых изучал всю свою жизнь. Но исследуя город, Камо понял, что что-то не так. Люди вели себя странно, в воздухе витала атмосфера напряжения и беспокойства.

Вскоре он обнаружил причину этого. Город подвергся нападению неизвестного врага, вышедшего из тени. Камо с ужасом наблюдал, как город был разрушен, а люди, которыми он восхищался, были убиты и унижены.

В этот момент Камо понял, что его путешествие приняло мрачный поворот. Его заманили в ловушку, организованную тем самым обществом, которое пригласило его совершить путешествие во времени. Камо слишком поздно понял, что истинная цель общества заключалась не в раскрытии секретов исчезнувшей цивилизации, а в том, чтобы уничтожить временные рамки в свою пользу. Он оказался в ловушке прошлого, и у него не было возможности вернуться в свое время. Но Камо отказался сдаваться. Он использовал свои знания и опыт для создания новых изобретений и защиты от опасностей прошлого.

Шли годы, и Камо стал легендой, почитаемой людьми затерянной цивилизации, которые видели в нем могущественного мудреца.

Он использовал свое положение, чтобы защищать людей и бороться с обществом, которое поймало его в ловушку в прошлом. Но даже когда он боролся за справедливость и свободу, Камо знал, что, возможно, он никогда не сможет вернуться в свое время.

Он смирился с тем, что проживет остаток

своих дней в прошлом, будучи пленником своего собственного путешествия.

Итак, Камо продолжал жить прошлым, решив изменить мир, который ему не принадлежал. Его предали и поймали в ловушку, но он ни на минуту не отказывался от поиска новых знаний и решений. Его путешествие приняло неожиданный поворот, но он уверенно продолжит свой путь.

Глава 10

ПРОБУЖДЕНИЕ

Камо провел годы, живя прошлым, борясь за справедливость и защищая людей погибшей цивилизации. Он стал влиятельной фигурой, которую боялись враги и любили союзники. Но, несмотря на свой успех, Камо все еще жаждал вернуться в свое время. Он слишком много времени провел в ловушке прошлого. И однажды к Камо прибыл неожиданный гость.

Это был Смило, тот самый, со встречи сверх-путешественников. Смило объяснил, что его отправили в прошлое, чтобы вернуть Камо в его время. Камо сначала колебался, неуверенный, может ли он доверять этому незнакомцу. Но когда Смило рассказал больше о своей миссии, Камо начал видеть возможность наконец вернуться в свое время.

Он согласился пойти со Смило, желая увидеть, что их ждет в будущем. Путешествуя во времени, Камо был поражен видами и звуками будущего. Мир так сильно изменился с тех пор, как он оказался в ловушке прошлого, и он изо всех сил пытался понять произошедшие достижения и события. Но исследуя будущее, Камо вскоре понял, что что-то не так.

Мир оказался не таким идеальным, как казалось. Коррупция и несправедливость все еще существовали, и люди боролись за выживание в суровом и беспощадном мире. Камо был полон решимости изменить ситуацию, как он неоднократно делал в прошлом. Он использовал свои знания и опыт для изобретения новых технологий и борьбы с несправедливостью будущего. Но углубляясь в мир будущего, Камо открыл мрачную тайну. Смило, приведший его в будущее, был не тем, кем казался.

Он был членом общества, которое занималось манипулированием временной шкалой в своих интересах. Камо снова предали, и он оказался в ловушке. В ловушке будущего. Но только на этот раз он был не один.

У него появились новые союзники, и вместе они боролись против общества, решив восстановить баланс во времени. Пока они сражались со своими врагами, Камо начал раскрывать правду об обществе. Он понял, что они не просто манипулировали временной шкалой, но пытались полностью переписать историю. Камо знал, что он должен остановить их любой ценой. Он рискнул всем, чтобы собрать информацию, необходимую для развала общества раз и навсегда. В итоге Камо вышел победителем. Он спас будущее и восстановил баланс во времени.

Но вернувшись в свое время, Камо понял, что его путешествие навсегда изменило его. Он путешествовал во времени, сражался с врагами и раскрывал тайны, о которых никто никогда не знал. Его предавали, заманивали в ловушку, но и вместе с этим он также нашел новых союзников и новую цель. Камо прожил жизнь, полную приключений и опасностей, и благодаря этому стал сильнее. В его путешествии были неожиданные изгибы и повороты, но он встретил их всех мужественно и решительно. Он был настоящим героем, путешественником во времени и силой, с которой невозможно не считаться.

Глава 11

СОЮЗНИК

Камо вернулся в свое время, но он уже не был тем человеком, которым был раньше. Путешествие во времени навсегда изменило его. Он увидел мир во всей его красе и тьме, и пришел к пониманию хрупкости самого времени.

Выйдя из временного портала, Камо оказался в почти неузнаваемом мире. Город вырос и изменился так, как он никогда раньше не представлял.

Здания стали выше, улицы оживленнее, и люди стали настолько разнообразнее. Камо, блуждая по городу и вслушиваясь в окружающие звуки, и вглядываясь в окружающие виды, чувствовал удивление и трепет.

Он восхищался футуристическими технологиями, которые теперь стали частью повседневной жизни: от летающих автомобилей до голографических дисплеев. Но исследуя город, Камо также понял, что не все так, как кажется.

Неравенство и несправедливость по-прежнему преследуют мир даже в этом развитом будущем. Он видел бедность и нужду рядом с блестящими башнями богатых людей. Несмотря на эти проблемы, Камо по-прежнему был полон решимости изменить ситуацию.

Он знал, что ему предстоит сыграть свою

роль в формировании будущего, также как и в прошлом. Он проводил дни, работая над новыми изобретениями и идеями, пытаясь сделать мир лучше. Но во время работы Камо начал замечать странные явления. Время, вело себя очень хаотично, с внезапными сдвигами и изменениями, которые никто не мог объяснить. И Камо обнаружил, что с временной шкалой что-то серьезно не так, и решил выяснить причину.

Его расследования привели его к теневой организации, которая манипулировала временем в своих целях. Группа, известная как Синдикат Хроноса, использовала технологию путешествий во времени, чтобы манипулировать событиями на протяжении всей истории, чтобы накопить богатство и власть. Камо знал, что он должен их остановить.

С помощью Шлипо, другого сверхпутешественника, который повстречался ему на пути, он приступил к опасной миссии по демонтажу Синдиката и восстановлению баланса во временной шкале. Их путешествие провело их через время и пространство, и они сражались с агентами Синдиката, пытаясь распутать созданную ими сложную паутину манипуляций временем. По пути Камо открыл шокирующую правду: Синдикат был не единственной группой, которая манипулировала временем.

Были и другие фракции, каждая со своими целями, каждая из которых пыталась контролировать течение времени ради своей выгоды.

Камо понял, что вся ткань времени находится под угрозой. Если эти группы продолжат манипулировать графиком событий, последствия могут быть катастрофическими.

Но даже столкнувшись с этой непростой задачей, Камо также представилась неожиданная возможность. Он открыл способ использовать силу самого времени, формировать события и влиять на ход истории так, как никогда не удавалось никому. Камо знал, что эта сила опасна и ею легко можно злоупотребить. Но он также видел потенциал добра, шанс изменить мир к лучшему.

Камо знал, что он единственный, кто может разумно распорядиться этой силой. Он дал торжественную клятву использовать его во благо, защитить временную шкалу и обеспечить естественное развитие истории. Итак, Камо отправился в новое путешествие, которое приведет его к самим пределам времени и пространства. Он будет сражаться с теми, кто манипулирует временем ради своей выгоды, и будет неустанно работать, чтобы сформировать лучшее будущее для всего человечества. Его путешествие будет наполнено неожиданными поворотами, и ему предстоит столкнуться с испытаниями, которые проверят его храбрость. Но Камо был полон решимости добиться успеха любой ценой. Он был сверх-путешественником, героем и самой силой.

Глава 12

НАСЛЕДИЕ ГЕРОЯ

Камо провел годы, сражаясь с силами, которые стремились манипулировать временем. Он видел лучшее и худшее в человечестве на протяжении всей истории и пришел к пониманию истинной силы самого времени. Но даже со всеми своими знаниями и опытом Камо не удалось подготовиться к тому, что сму предстояло познать.

Когда он работал со Шлипо над новым изобретением, он внезапно почувствовал странное ощущение. Казалось, вся ткань времени и пространства разорвалась на части.

Камо бросился к окну и посмотрел на город. К своему ужасу, он увидел, что мир снаружи скручивается и искажается, как будто сам мир затягивают в черную дыру. Он прекрасно понимал, что это необычное явление. Со временем что-то пошло не так, и он должен был это исправить. Камо и Шлипо запрыгнули в самую дыру и перенеслись через время и пространство, сражаясь с силами, которые пытались помешать им раскрыть правду.

Наконец, после нескольких месяцев путешествий, они нашли источник разрушения внутри черной дыры. Это было огромное устройство, которым манипулировали Мэтью и Смило, которое разрывало основы самого времени.

Камо и Шлипо знали, что им нужно действовать быстро. Они изо всех сил пытались создать собственную машину, которая могла бы противодействовать эффектам устройства и восстановить порядок на временной шкале.

Их усилия окупились, и они смогли стабилизировать временную шкалу, предотвращая ее полное разрушение. Но Камо наблюдая, как машина исчезает в небытие, понял, что должен помочь Мэтью и Смило, иначе мир никогда не будет прежним. Последствия беспорядков оставили свой след на временной шкале, изменив события и ход истории.

Камо знал, что ему придется провести остаток своей жизни, работая над устранением нанесенного ущерба, но он никогда бы не простил себе, если бы такие великие умы как Мэтью и Смило исчезли навсегда. Но пока он думал об этом, Шлипо уже спас их. Камо снова почувствовал надежду.

Он знал, что независимо от того, что принесет будущее, у него есть сила изменить все к лучшему. Итак, Камо продолжил свою работу вместе со Шлипо, Мэтью и Смило, разрабатывая новые изобретения и технологии, которые помогут определить ход истории.

Он работал не покладая рук, день и ночь, не отдыхая, пока не убедился, что мир в безопасности. Шли годы, легенда о Камо росла.

Он стал известен как величайший сверх-путешественник в истории, герой, который снова и снова спасал мир от разрушений. И в конце концов Камо понял, что его путешествие во времени того стоило. Он видел лучшее и худшее в человечестве, но никогда не терял надежды.

Он сражался с силами тьмы и вышел победителем.

И каждый раз перед сном, Камо был уверен, что сделал все, что в его силах, и никогда не сдавался ради человечества. Пока существовали такие люди как он, готовые бороться за правду, всегда была надежда на лучшее будущее.

Конец.

ОБ АВТОРЕ

Аллан Бэнфорд — современный художник, чьи работы исследуют пересечение технологий и органических форм. Его произведения отражают взаимоотношения между человечеством и окружающей средой, подчеркивая влияние технологий на органическое вещество и потенциал устойчивого искусства для создания более гармоничного будущего. Бэнфорд создает захватывающий опыт, который вызывает разговоры о наших отношениях с окружающей средой. Его работы часто представляют собой сопоставление органических и технологических форм, приглашая зрителей задуматься о связях между ними.

Как художник, Бэнфорд с энтузиазмом использует свое творчество для продвижения устойчивого развития и повышения осведомленности о нашей реальности. Его видение устойчивого искусства подчеркивает важность сохранения нашей планеты для будущих поколений, и он считает, что искусство может сыграть решающую роль в этом начинании. Работы Бэнфорда привлекли внимание как коллекционеров, так и инвесторов, его произведения были представлены в галереях и на художественных выставках по всему миру.

Благодаря новаторскому использованию технологий и органических форм, работы Бэнфорда приглашают зрителей задуматься об их собственных отношениях с окружающей средой и о роли, которую технологии могут сыграть в создании более устойчивого будущего. Поскольку его произведения востребованы как коллекционерами, так и любителями искусства, видение Бэнфорда об устойчивом искусстве может не только вдохновить на перемены, но и привлечь инвестиции в более устойчивое будущее.

В целом, произведения Бэнфорда предлагают уникальный взгляд на пересечение технологий и органических форм, подчеркивая их взаимосвязь и важность сохранения нашего творческого наследия.

Работы Бэнфорда, художника-визионера и сторонника устойчивого развития, не только эстетически увлекательны, но и социально значимы, что делает их привлекательной инвестиционной возможностью для тех, кто хочет поддержать устойчивое развитие.

Аллан Бэнфорд

www.ingramcontent.com/pod-product-compliance
Lightning Source LLC
Chambersburg PA
CBHW071355130726
47996CB00002B/945